「まこと」

―とある女の半生―

冴木 愛
SAEKI AI

幻冬舎 MC

「まこと」——とある女の半生——

目次

幼少期

私は6人家族の末っ子。ごく普通の家庭に育った。姉からの性的虐待、兄からの性的イタズラを受けたことを除いては。

子供の頃は自分を少し怖いと思った。幼稚園児の頃は絵の具水を凍らせて砂糖を入れたものを、友達に食べさせようとした。実際には寸前でやめたのだが。母が仕事が休みの前の晩にいつもサスペンスを見ていた。その影響かもしれない。

小学1年生で性に目覚めていた。キッチンの椅子に股間を当てて気持ちいいと感じながら、不審げに見る母に「鉄棒で何分ぶら下がれるか競争してるの」などと嘘をついた。

小学1年生の後半に転校するまではクラスのやんちゃ番長だった。当時、積み木くずしや少女Aが流行っていて姉たちが見ていた。その影響をもろに受けていたのである。通知表にも「歌声はとても綺麗ですが言葉遣いが汚いです」と書かれていたくらいだ。けれど1年生の初夏。私は生まれて初めていじめにあった。全く泳げなかった私に、体育の時間ある女の子がすごく泳ぎの上手い子を泳がせ「こんなふうにやってみなよ」と言うのだ。けれど、その指示している女の子も泳げなかった。小1のいじめにしては手がこんでいる気がした。

夏休みに入り私はそのいじめっ子に暑中見舞いを出した。そしてああいうことはやめて欲しいと書いたのだろう。新学期、下駄箱で彼女と会い「ごめんなさい」と謝られた。けれど転校するとき1番長い手紙を書いてくれたのも、その子だった。

そんな私も転校してからは大人しいキャラを演じていた。それがすましているように見えたらしい。転校数日後、「転校生だからって容赦しねーぞ」と担任の先生に怒鳴られた。大人になってから先生に会い「あのときは怖かった」と話すと、先生も覚えていて「妙に大人びて見えて脅しをかけた」と言った。大人しくしているとはいっても、「これから口喧嘩しよう」と友達に言い、傷つけ泣かせたりしていた。仲のいい男の子とは将来漫才コンビを組もうと話していた。

両親は家から10分ほどのところでレストランを経営していた。家には両親のいない子供だけの時間が長かった。母は2時半から5時ぐらいまでの間、買い物をして帰り食事の用意や洗濯物の片付けなどをしていた。ご飯を作り終わると「すぐ食べなさい」と言った。私はお腹が空いていなくても、食卓に座らされご飯を食べた。私がご飯を食べていると母は嬉しそうに前に座りじーっと私を眺めるのだった。私は「お母さん一口食べる?」とよく聞いた。子供の私は母はご飯が欲しいのかと思ったのだ。けれど、今は分かる。母は私が自分の作ったご飯を食べるのが嬉しかったのだろう。いつもニコニコしていた。

ある日友達がお母さんのことを「ママ」と呼んでいるのがうらやましくて、母を「ママ」と呼んだ。「気持ち悪いからやめなさい」と一言、言われた。

私は母が仕事に行った後、1人でキッチンのシンクの下にぺたんと座って過ごすことが多かった。母が立つキッチンにいると、少し寂しさが紛れるような気がしたからだ。

母は休みの日お風呂に入るとなかなか出て来なかった。私が見に行くと決まって、湯ぶねで眠ってしまっていた。相当疲れていたのだろう。

けれど母は、家でダラダラした姿を全く見せなかった。母が数年に1度体調を崩し、寝室で横になっていると、ものすごく不安な気持ちになったのを覚えている。

小学3年生の頃、私はタエ姉と部屋が一緒だった。タエ姉は寮生活をしていたがたまに帰ってきた。タエ姉と私は8畳の部屋の押入れの上と下をそれぞれの寝床にしていた。姉が上だった。そして姉は夜、私を自分の布団に呼んだ。

私は姉の布団に入った。するとタエ姉は私を自分の体の上に乗せ、私の口を開いて姉の体を舐めさせた。そして私の頭を股間に持って行った……。私は何も言わずされるがままにした。これが普通のことじゃないことは分かっていた。けれど、嫌がったら何かいけない気がした。家族が壊れるような。タエ姉は何度か私を布団に呼んだ。

そして兄も両親のいない間に絵の具の筆で私の股間をくすぐり「気持ちいい？」と聞いた。私は嫌だったが「気持ちいい」と言った。すると兄は「やっぱりね」と言った。誰にも言えなかった。

今でも絵の具の筆を見る度思い出す。

兄は反抗期で暴れることもあり、夜兄と過ごすのが嫌だった私は両親の店の厨房の隅で座って過ごすこともよくあった。２人のコックを雇い父はシェフで母がホールとレジをしていた。母は高く大きな声でオーダーを言い、父は言葉は少ないが手を動かす姿はかっこいいとさえ感じたものだ。

土曜の昼は月1回はホールで父の手料理を食べた。

けれど両親が不在のことが多い寂しさからだったのか、私は小学4年生頃から万引きを繰り返すようになった。

父の仕事の関係でミュージカルのチケットをもらい見に行っていた私は舞台女優に憧れて、こっそり劇団に応募したりしていた。返事が来ることは無かった。

中学時代

中学に入り私はバスケ部に入りたかったが、小学生の頃から目をつけられていた先輩が皆バスケ部にいたので、やめた。私は吹奏楽部に入った。部活はとても楽しく楽器ごとに別れて練習し、皆で合わせるときには鳥肌がたった。その部活仲間にミカがいた。

中学1年の頃、友達と大型スーパーで万引きをした。ドラマのように追いかけてくる警備員。友達が捕まり「逃げて」と言ったが、捕まった。母が呼び出され家に帰った。そして、初めて母は、私が小学生の頃から万引きを繰り返し、盗んだ物たちを見た。すごい量だった。それを機に、私は万引きをやめた。もう二度としないだろう。

中学1、2年は赤点も結構取っていた。中学2年生の頃からクラスを超えたグループ友達とつるむようになった。当時はカラオケボックスがあちらこちらにでき始めた頃で、1時間1円キャンペーンなどもやっていて、友達とよく行った。近所の公園で、お菓子を食べながらずっと話し続けた。グループの久美子と中学2年生のとき学校をサボって繁華街へ行こうと計画を立て、朝着替えを持って家を出た。公園で着替えて出かけた。

しかし久美子のお姉さんが3年生にいて、教室に鍵を届けに来て久美子が学校に来ていないことがバレてしまった。結局また母が学校に呼び出された。3年生のクラス替えで、私と久美子は1番遠いクラスになった。

中学3年生になりグループは久美子の虚言癖のせいでバラバラになった。私は最初、久美子の嘘だと知らず久美子の側に付いていた。そしてグループの1人、マコが影で皆の悪口を言ってると久美子は言い、マコを除け者にした。そしてマコが前を通ると「バーカ」「ブース」などと、言うのだ。私はマコが陰口を言うならグループを抜ければいいのであって、私の方から攻撃する気になれなかった。私はマコと2人で話した。そこで、久美子が嘘をついていると分かった。結果久美子の虚言癖で生じたトラブルは男子も巻き込み大事になっていた。

私は久美子のグループから離れクラスでも1人でいた。

久美子は遠い所へ転校した。

そのうち私に話しかけてくれる子もでき、グループに入れてもらったが、居心地は悪かった。ただ、いじめられたマコとは今でも関係が続いている。私にとっては大切な親友だ。

高校受験に向けてマコとは同じ塾だった。マコと私は自転車で塾に行き、帰りは別れ際に長話をした。マコは商業科志望だった。私は漠然と大学に行こうと思ったので普通科の高校でいいと思っていた。大人になってマコに何故商業科にしたのか聞いたことがある。沢山の資格を取ってすごいと思ったからだ。すると、将来就職するときいいと思ったからと答えた。何も考えていない私とは大違いだと思った。マコは時々私を驚かせる友人だった。

私は志望校をA高校に決めて願書を提出する頃になった。すると先生が「お前は願書を書かないで持って来なさい」と言った。家に帰り母に空欄で持って行くよう言われた話をすると、母は「書いて行きなさい。説得しようとしてるのよ」と言った。私は母の言う通りA高校と書いて提出した。母は私に公立のA高校に落ちたら働きなさいと言った。母は厳しかった。

昔高校受験で公立に落ちたタエ姉が、泣きながら母に「私が落ちたのはお母さんのせいだからね」と責めているのを、後ろで聞いていた。私は絶対あんなことは言わないと幼心に思った。そして、私はA高校に合格した。精一杯背伸びして受けた高校だった。しかしいざ高校に入ってみると、「私はH高校にも入れたんだけど、大学の指定校推薦とるために、ランク下げてA高校に入った」などと言っている子がいて、むしゃくしゃしたもんだ。中学生でそこまで先を読んでいるのは利口なのだろうが。

高校生活とリナ先輩との出会い

私は高校に入り運動したかったので、バスケ部に入部した。そこで、1歳年上のリナ先輩と出会った。明るくてサッパりした性格で大好きになった。今はもう縁は切れてしまったが。

高校に入り、しばらくするとクラスの中心的男の子が、私のことを好きだとか。その時からクラス中がその男の子の味方。私は好きではなかったので、周りの友達とも距離を感じ始めた。高1の秋に告白されお断りし、クラス替えになった。私は高1の終わりから、マサトと付き合い始めた。同級生だった。高校で心を許せるのは、リナ先輩とマサトだけだった。

リナ先輩との部活は楽しかった。しかし高校2年生のとき退学しようと本気で考えた。母と担任の先生と相談した。学校がつまらなかった。

マサトは泣いて反対した。

結局退学は諦めた。

私にとって、ちゃんとお付き合いした男はマサトが初めてだった。一通りのことをマサトと経験した。キスとか……。

その頃兄は彼女を家に呼びセックス三昧だった。兄はひどかった。ある日また2階の部屋でセックスしてる兄。1階のリビングでテレビを見ていると、タエ姉が帰宅し、「あんたビデオ見てたでしょ」と、私に言うので上を指差した。兄の彼女の声は近所中響き渡っていた。

その頃母は、隣に住む母よりずっと年下のお母さんに、「お宅が家を留守にしている間お子さん達が何してるか知ってますか」と言われたらしい。後に姉から聞いた。その時の母の気持ちはどんなだったろうと思う。「うちはホテルじゃないのよ」と母に言われたことがある。

母は1度ダイニングにマサトを座らせ、将来をどう考えているのか?と問いただした。本当にやめて欲しかったが、マサトは「大学に行って建築関係の資格を取るつもりです」と答えた。

私は高2の頃から奥二重の目が嫌でアイプチを使うようになった。「二重にしないほうがいいよ」と言ってくれる友達もいたのに。

高3になり大学受験を目指し予備校に通い始めた。M大学に進学希望だった。

ソーシャルワーカーに興味があった。何か人のためになれる仕事がしたかった。

朝の6時からコンビニでバイトし、昼は高校へ行き、夜は予備校に通った。私は中学生の頃までしかお小遣いをもらっていなかった。なので、中学を卒業した春休みからバイトを始めた。高3の秋に模試があった。A短大は合格圏内だったがM大学は手の届かないところにあった。すると、母は「A短大なんてバカになるだけだからやめなさい」と言った。その一言で私は受験をやめた。大人になってから、何度大学受験からやり直したいと思ったことか。

受験をやめた私は遊び続けた。リナ先輩やマコと週末は新宿にくり出しお見合いパブでタダ飯を食べてクラブに行った。ホストと知り合い遊んだ。進学は調理学校と美容専門学校で迷った。母が元美容師だった。

進学は美容専門学校に決めた。早朝のバイトのせいで、高校の単位を落としかけ、卒業も危うかったが補講でなんとか卒業することができた。

その頃私はいずれ結婚することになるトオルと出会っていた。その出会いは合コンだった。

マサトとはまだ付き合っていたが、私は合コンに参加した。その合コンにリナ先輩もいた。リナ先輩はトオルを気に入り王様ゲームでは、リナ先輩が王様になると、「王様とトオルがキスー」と言ったり、積極的だった。私もトオルに惹かれていた。私は合コンが終わってからもトオルが気になって仕方がなかった。

リナ先輩は「私は本気じゃないからいいよ」と譲ってくれた。後日トオルに私から連絡し、原宿でデート。長電話で親しくなり私とトオルは付き合うことになった。

マサトに別れを切り出すと「５６４２１９４」殺しに行くよ。と、当時ポケベルにメッセージが入ったりした。

マサトは怒りもあったが、私がマサト無しで合コンに行ったり行動したことに驚いていた。私はマサトがいないと何もできないと思っていたようだ。マサトは大学を指定校推薦で決めていた。マサトには、「お前のお母さんに大学に進学するって言ったから、進学を決めたんだ、うちは金が無いのに」と、恨まれた。マサトは私と別れてだいぶ荒れたらしい。

トオルと人生

トオルは私と付き合うとき、1つ条件があると言った。それは、友達付き合いを邪魔しないということだった。

「俺は友達がいたからここまでこれたから」と言った。

私はトオルに夢中になった。トオルとデートで長時間歩いて靴ずれが痛くても歩き続け、駅で別れて私は自分の私鉄電車の発車待ちをしていたら、トオルが走って電車に乗りこんできて「今日一緒にいよう」。そんな夜もあった。デートで帰りに別れても、その瞬間から次に会う時が近づいてくるんだと思い、悲しみに耐えたくらいだ。トオルは定時制高校の生徒だった。

トオルの住む街は、駅前にはパチンコ屋に飲み屋が沢山あり、繁華街だった。

私はいわゆる閑静な住宅街で生まれ育ったので、トオルの住む街は私には刺激的だった。トオルはラブホテルに行っても、「フロントは9番ね」とか、ラブホテルも行き慣れている感じだった。私はトオルと初めてラブホテルに行った。トオルとトオルの友達はパチンコが好きだった。私はパチンコ屋がうるさくて、臭くて嫌いだったが、トオルの隣に座りじーっと過ごした。「私こんなところで何してるんだろう」と何度も思った。

私は美容学校生。けれど私は、トオルとのお泊りデートで学校を休みがちになり、夏前には授業についていけなくなっていた。親に学費を出してもらいながら、中途半端な自分が嫌になり、美容学校をやめることに決めた。

トオルは反対した。自分と付き合うと皆学校をやめてしまうと。

トオルは人をひきつけるものを、持っていたと思う。

美容学校は両親にやめると伝えると、それでも母は、夏休みにあるイギリス留学に行きなさいとは言ってきた。確か50万ぐらいしたと思う。父は「やめるって言ってるんだから」と、止めた。それでも母は行かせたかったようだ。

今になると分かる。母の気持ちが。

それでも美容学校をやめた私はたまに1人で渋谷に行けば「バイト紹介するよ」と声をかけられ、「カラオケのあるところへいこう」と言われるがまま付いて行けばラブホテル。逃げ出すことができず、帰りの電車賃500円を握らされたりした。私とリナ先輩は暇さえあれば、渋谷で過ごした。ファーストフードで喋り続け、カラオケで歌い続け、次の日に会えると分かっていても、別れるのが惜しいくらいだった。

そして、リゾートバイトを見つけた私。すると、リナ先輩も一緒に行くと言い出した。リナ先輩は、お父さんの知り合いの紹介とやらで、超大手企業でOLをしていた。

ずっとその会社にいれば、将来安泰という感じだった。

見つけたバイトはホテルの仲居だった。しかしそのホテルは、お客様の残した梅干しを使いまわしするようなひどいホテルだった。海も私達が期待していたような海ではなかった。

私達は、2日で逃げ出した。

私達が逃げ出した後、母の差し金で、父とタエ姉がホテルに泊まりにきたそうだ。逃げ出した私達は、家に帰る訳にもいかず、伊豆急行の最終駅のファーストフードで途方にくれていた。すると「君、S区の子だよね」と、声をかけられた。トオルの知り合いの先輩で東京で1度会ったことのある人だった。事情を話すと、バイト紹介するよ、と言ってくれ、付いて行った。思いもよらぬ偶然に驚いた。その数日後、トオルと友達も、バイトに来た。

リナ先輩はリゾートバイト中、何人かの男と関係を持っていた。

私はトオルがいたから、他の男性と関係を持ったりしなかったが、トオルは遊びたいようだった。

そして、1ヶ月半ほど海のある街で過ごした。将来のあてもなく……。

東京に戻り9月。私は自分で稼いだお金でもう1度美容学校の通信制に入ることを決めていた。

10月末までに、入学金が必要だ。私は風俗で働き始めた。ひと月で50万円稼げる仕事。風俗のバイトは面接に行っていきなり店長のレクチャーだった。私は言われるがまま接客の練習をし、店長は私に「欲しい？」と聞いた。私は全くそんな気は無かったが悪い気がして「欲しい」と言うと、「それは言っちゃだめだよ」と言われた。本番NGのファッションヘルスだった。私はキスは禁止にしていた。キスはトオルとしかしたくなかった。

初めて風俗のバイトに行く日、たまたまだったが、親友のミカと電車が一緒だった。

私は風俗店に向かって電車を降りた。ミカはそのまま電車に乗っていた。風俗のバイトに行くなんて言えなかった。

風俗で貯めたお金で美容専門学校へ再入学できた。当時の先生からは「早く美容師になって、お母さんを安心させてあげなさい」と言われた。

風俗の仕事は真面目に働きお客さんからは、「そんな真面目にやってるともたないよ」と言われたりした。自分のホームページでも作ればもっと指名が増えると考えたが、親兄弟がいるのでやめた。指名で来てくれるお客さんから「親に彼女を合わせろと言われてるんだ」と言うので、彼女役になりホテルのレストランで2人で待つも一向にご両親は来ない。お客さんがただ、外で私と会いたいがための、嘘だった。とんだお人好しだ。

風俗のお給料は即日帰る時にもらえた。30分ノーマルコースで5千円くらいもらえた。いつも足早に駅まで向かった。今思えばよく、悪い人に襲われなかったなと思う。

風俗で働き始めて3ヶ月。19歳になる1日前に私はアパートを借り実家を出た。当時の私はお金を稼いで自分で暮らすことが自立だと勘違いしていた。今思う自立は、親を心から安心させて生活することだと思うが。

家を出た私はトオルの住む街に住み始めた。3ヶ月前から、リナ先輩もその街に住んでいた。リゾートバイトで知り合った男の近くだからだと言っていた。

1人暮らしする部屋の下見に母も来た。今思えばよく私を家から出したなと思う。今、私には娘がいるが、到底考えられない展開だ。

トオルは私がアパートを借りた日から転がり込んできた。それは誤算だった。彼に手料理を振る舞いたいなどとは思っていたが、一緒に暮らすつもりはなかった。彼は父親と2人、アパート暮らしだった。トオルは小学生の頃からお金を持って夕飯を食べに行くような生活をしていたそうだ。父親は水商売だった。父親が女とラブホテルに行くときもトオルは連れて行かれたそうだ。

トオルにはキャバクラで働いていると嘘をついた。風俗の仕事は店に入ってからは個室だった。なので待機中に、美容学校のレポートをしたりしていた。他の女の子とは、会わないようにできていた。お客様から3Pの要求でもない限りは。けど、薄い壁1枚で隔てた隣の部屋からは、「ブロッコリーは、そんなに茹でないでね」などと、彼氏と電話しているのであろう、女の子の声が聞こえてきたりした。

その頃私は1回目の二重まぶた埋没法をしていた。アイプチを使っていたせいで、皮膚が荒れて瞼《まぶた》が腫れぼったくなっていた。

風俗はどのくらいしただろうか。

帰りの電車で、男性が隣に座るのに嫌悪感を覚えても、店に入れば接客できた。プロ根性というやつだろうか。

まだ実家にいた頃は、自宅の最寄り駅で電車を降りてから公園でしばらく過ごした。風俗嬢から普通の娘に戻るにはワンクッション置かなくてはならなかった。

たまに終電が無くなり、マネージャーのフルスモークのベンツで送ってもらった。途中、職務質問を受けながら。

風俗の仕事を終えて帰宅してから、トオルとセックスするのは、正直キツかった。顎がおかしくなるかと思った。

風俗の仕事は体を人に見られるせいか、スタイルは良くなっていた。

最後は、親に預金通帳を見られバレてしまったというのを理由にして、辞めた。


トオルは高校を卒業し銀座のクラブで働き始めた。ボーイだった。私は家賃を払わなければならず、美容院で働くわけにいかなかった。見習いのお給料では、1人暮らしなどできない。その時求人広告で見つけたのが、美容部員という仕事。面接に行った。その後連絡が来ないので、自分から連絡したら採用になった。数日の研修の後、やっと気づいた。美容部員とは、キャッチセールスの仕事だった。私は1度友達と遊んでいたときにキャッチセールスに声をかけられ、アンケートと言われビルに行き接客を受けたことがあった。化粧品の販売だった。一緒にいた友達はすっかり乗り気になっていたが、私は胡散臭いと感じた。あのキャッチセールスかぁ、と思ったが、お金のため、私は必死に女上司の話を聞いた。キャッチセールスは、基本、外で男性がアンケートに協力してくださいと声をかけ、ビルに行き、中で女性部員が接客する。まずはアンケートと称してプライベートなことを聞き出し、仲良くなる。それがすごく大事。

そして、未来の肌がわかるという機械に顔を写してもらい、危機感を煽る。その後、肌について詳しく教えてあげ信用させ、先生になる。そして、大手エステの話をする。金額が高いよね〜、と。そして最後に、自分のところの化粧品を勧める。大手のエステより格段に安いのでその気になる。と進めば成功。最後は3、40万のローンを契約するという運びだ。1接客2時間以上になることもある。それを1日何回も繰り返す。

すぐに怪しんで帰る子もいれば、既にキャッチセールスに引っ掛かりまくって、ローンが通らないブラックの子もいる。

家族と離れて暮らしていた私には、スタッフの皆が家族のような存在になっていた。お昼ごはんを食べてから仕事開始だが、皆が残すご飯を食べる残飯係でもあった。上司は憧れの女性だった。5つ年上で、化粧も綺麗でお洒落でかっこ良かった。でも入れ代わりの激しい仕事だった。一緒の頃に入社した同い年の子も突然倒れて辞めてしまった。

私も美容部員を名乗ることに罪悪感があった。それを上司に言うと「まことは美容師の勉強もしてるんだし、自信持って話していいんだよ」と言われた。私は教えられたことを素直に聞き、接客を繰り返すうち、みるみる営業成績が上がっていった。ひと月に800万ほど売上げ、70万ほどお給料をもらったこともあった。馬鹿だった私はトオルにロレックスを買ってプレゼントしていた。

1度目の子宮外妊娠とホステス

夏の始まり、いつも通りキャッチセールスの仕事に行こうとしたが、数日下腹部が痛かった。会社に遅刻しそうだったが、通勤途中の電車から看板が見える産婦人科に行った。すると、子宮外妊娠と診断された。子宮外妊娠とは、本来受精卵は子宮で着床しなければいけないのに、子宮外で着床してしまう状態だ。医者曰く、卵管破裂の危険があるから、そく、手術と言われた。私はトオルに知らせようと、無理矢理1度アパートに戻ってトオルに話した。すると、トオルは、患者を逃したくないから、すぐ手術なんて言うんだと言った。

その後、産婦人科に戻り手術を受けた。私はとても怖かった。お腹にメスを入れる開腹手術だった。部分麻酔で、意識はハッキリしていた。臍《へそ》の下を20センチほど切った。「脂肪がすごいな」「どの糸使いますか?」「どれでもいい」など、手術医と看護師のやり取りが聞こえた。2週間ほど入院しただろうか。他に患者さんもいない病院だった。私は左の卵管を、失った。会社の女性部員たちと、高校の同級生がお見舞いに来てくれた。毎日お尻に注射をされとにかく痛い辛い入院だった。

私は無事に退院したが、美容学校のスクーリングに通うため、美容部員の仕事はお休みさせてもらった。しかし、お金は必要だった。そんなとき、銀座を歩いていたらホステスにスカウトされた。時給5千円。美容室代別という条件だった。私はスクーリングの間だけ、ホステスをすることにした。退院したての体に、スクーリング、ホステスはキツかったが、スクーリング仲間に励まされ頑張った。スクーリングは色々な年齢の人がいる。「時給5千円なんてないから頑張んな！」と言われた。今思えば子供の頃、家族のお茶の濃さの好みを知っているのは私だった。家族全員の誕生日を言えるのも私だった。案外ホステスに向いていたのかもしれない。夜のクラブでは、「この仕事初めて？」と聞かれ「初めて」と答えると、「初めてが銀座ね～」と言われた。クラブのお客さんは、会社のお偉いさんらしき人や、政治家などもいたが、私はほとんど話さず、水割りを作っていた。そうこうしている間にスクーリングも終わり、私は美容部員の仕事に戻った。

社員旅行では、初めての海外、グアムへ連れて行ってもらった。来れない社員もいて、聞くと「アイツはシャブ中だから」と、執行猶予中で行けない社員もいた。私が大麻に触れたのもこの頃だった。トオルが大麻を私の部屋に置いて行ったりした。今思うと、私が捕まるところだった。冗談じゃない。

この頃、私は2回目の二重まぶた埋没法をした。手術のときは見習いらしき医師が手術に付き添った。まだ今ほど二重まぶたの手術がメジャーじゃなかったので、見習いの医師も沢山いたのだろう。けど、一言断って欲しいとは思った。実験台みたいで嫌だった。

私は美容部員の仕事の帰り、トオルの仕事が終わるのを喫茶店でよく待った。夜の銀座のその時間は仕事帰りのホステスや、お客さん、ボーイなどがいりまじっていた。私はその空気が嫌いじゃなかった。美容部員の同僚は、「こんな怖い所で待ってるの？」と言ったが、私は彼女の彼氏のほうがよっぽど怖かった。

怒ると暴力的になる彼氏だったからだ。

トオルと私も常にうまくいっていたわけではない。喧嘩になるとトオルは壁を殴ったり扉を殴ったりした。直接私に手をあげたことは数えるほどだったが、怖かった。1度喧嘩して、トオルがアパートの鍵を投げつけて出て行ったことがあった。私は泣いていたが、心の中ではホッとしていた。これで1人の自分の暮らしができる、と。けれどトオルはすぐに帰ってきた。トオルの父親はとっくに引っ越していた。

ある晩、仕事帰りにトオルの車の助手席でその日契約が取れなかった女の子の話をしていた。3時間近く話して契約が取れなかった。「サイテーだよね」と私が言うとトオルは「お前だよ」と言って車を下りた。

パニック障害と墮胎

皆で仕事を終えエレベーターに乗り帰ろうとしたある夜、エレベーターが1階に着いて扉が開いた瞬間、私は倒れた。その夜は上司の家に泊まった。その後アパートに帰ったが、それ以降新宿に行こうとすると、パニックが起きた。どういう経緯でかは忘れたが、中学時代の親友ミカがアパートに来てくれたのを覚えている。会社からの電話に代わりに出てくれたりした。本当に心配をかけ迷惑をかけた。私は上司から、「今まで沢山の子を見てきたけどまことほどこの仕事に向いてる子はいなかった」と言われ、戻るように説得されたがもう続けられない状態になっていた。お客さんに年齢も

5つ偽り話をしていた。5歳上の設定にして、タバコも吸うし、夜も遅くまで仕事していても、この肌なのよ、と話していた。罪悪感からだろうか、トオルとの生活を維持するための手段として、必死になって化粧品を売っていたから自分でも気付かないほど、体はダメージを受けていたのだと思う。

私はアパートを引き払い、実家に戻った。それからどう過ごしたかしばらく覚えていない。ただ、私は仕事を辞めると、落ち込むタイプで、そういう時期によく起きたのが、トイレやお風呂で意識を無くして、痙攣して、頭を打つ痛さで意識が戻るという症状が出た。

40歳過ぎてから、てんかんの検査をしてみたが、てんかんではなかった。

実家に帰った後しばらくして、私は妊娠していることが分かった。けれどその時の精神状態では、とても産むことはできなかった。私は堕胎した。トオルは「子供を堕ろしたら別れる」と言った。私はトオルに、「流産した」と嘘をついた。

高価なプレゼントだったので、タエ姉がトオルからロレックスを返してもらっていた。質屋に出すと、30万くらいだった。トオルは1度実家にお見舞いに来た。ガーベラの花を持っていた。私が1番好きな花だと話したことがあった。トオルは私の父に、「まことを楽にさせてあげたいので、結婚させてくださいと言った。

実家に帰り、徐々に元気になった頃、マコから仕事を紹介された。それはまたキャッチセールスの仕事だった。マコはそこの化粧品を買っていて、そこの化粧品会社の社長と飲みに行く仲だった。そこで、私の話をしたのだろう。

この業界は、訳ありの従業員が多いが、普通の従業員が欲しいと社長は話していたらしい。私は働くことにした。トオルとは実家に帰ってからは、距離ができていた。

私は仕事がない間繋ぎで風俗の仕事をしたりした。

1店目はコンドームなしの接客だったが、2店目は、コンドームを着けての接客でよかったので、楽だった。

キャッチの仕事をまた始めてすぐに、親会社の社長の息子、コウタと付き合い始めた。コウタに少し自分の過去を話すと「アンダーグラウンドな世界はやめな」と言われた。コウタはタトゥーもあり、金髪、色黒で、見た目は怖かったが中身は優しかった。俺と結婚しようと言われていた。2度目のキャッチセールスの仕事は1年以上続いただろうか。私は限界を感じ退社したが、その直後に、社長は詐欺で逮捕された。私は美容学校のスクーリングを1年休んでいた。なので、3年かけて、美容学校を卒業した。

その頃、母の勧めで歯の矯正を始めた。

父は反対したが。全部で200万近くかかったと思う。

母が出してくれた。2、3年かかるものだった。母は、全て綺麗になってから、結婚とか考えなさい。と言ったような言わなかったような。けど、そんな気持ちを受け取った。

美容師への道

私はたまたまパーマをかけに行った美容室で、担当者の人から「うちで働かない？」と言われた。すぐ、オーナーが来て、働かせてもらうことになった。

美容室の仕事は楽しかった。初めてで何も知らない私は、タオルのたたみ方から教わり、鏡を常に綺麗にしておくこと、次の予約のお客様のケープやタオルを担当者のワゴンに準備しておくことなど教わり、最初は、それだけで精一杯だった。徐々にシャンプーを習い、カラーを習い、スタイリストのヘルプをしながらお客様とスタイリストの会話を聞いたり。そのうちヘッドスパという自分担当のメニューもできた。毎日とても充実していたが、私は美容室のお給料だけでは物足りなかった。やっと、昼間のまっとうな仕事につけたというのに、夜、キャバクラで働き始めた。

コウタとは、キャッチの仕事を辞める前に別れていた。

そして、トオルとは関係が、切れてはいなかった。けれど、私はキャバクラの客と付き合い始めた。12歳年上のバツイチだった。その離婚の理由が、最低だった。子供ができないことに悩んで奥さんが病んでしまったからだ、というのだ。彼とタイに旅行へ行くため、美容室を休ませてもらった。美容室のオーナーは「今の彼氏はあまり良くないんじゃないか」と、私に言った。すぐ彼とは別れた。

私はキャバクラで知り合った友達と車の免許を取りに合宿で岩手に行った。その時はもう、美容室を辞めていた。

あとから、この美容室を辞めたことを本当に後悔した。オーナーは尊敬できたし、スタッフも良かった。

岩手では、切ない片思いをして、帰って来た。

私は次に港区の美容室で働き始めた。小さい頃に舞台女優に憧れたが、女優がだめならへアメイクとして舞台の裏方になりたいという夢もできていた。外国人の多いお店で英語の勉強になると思った。オーナーは中年の男性で独身だった。占いにこる人だった。前のスタッフも占いで、クビにしたと言っていた。

私は2回目の美容師国家試験を受けようと練習していた。けれど、精神疾患を患った私はそもそも美容師にはなれないのだ。

国家試験はやはり落ちた。私はまた、美容室のあと、銀座のビヤホールでアルバイトをした。そして、たまに、誰かの腕枕が欲しくなると、高校時代に知り合ったホストと寝た。

そしてある日突然、港区の美容室のオーナーから、

「あなた明日から来なくていいわよ」と言われたので「じゃあいま辞めます」と言って帰った。私も占いで辞めさせられたのかもしれない。

仕事がなくなった私。

その頃すでに母は、1人で美容室を始めていた。母は私が20歳になったら、父の仕事を手伝うのを辞め、美容室を出すと決めていたらしい。そして、その店の名前は、私の名前だった。

母の店に手伝いに行ったが、居心地が悪く、長く続かなかった。

結婚と離婚

25歳になる年の3月、トオルと私は結婚した。子供ができたのだ。トオルの友人からは、「子供は産みたいだろうけど、トオルとは結婚しないほうがいい」と言われた。私の知らないことを、知っていたのだろう。と今は思う。その頃私は銀座のクラブでホステスをしていた。源氏名は「愛」。お客さん達にはよく「愛ちゃんは、早くいい人と結婚したほうがいいよ」と何故か言われた。

結婚するということで、トオルの友達が会社で借りている部屋を貸してくれた。2DKの間取りで隣には部屋を貸してくれた友人とその彼女が住んでいた。

結婚パーティーも開き、トオルの友人、職場の人、私の友人も来てくれた。もう、お腹が大きかった私はウェディングドレスで1人でトイレもできなかったので、マコとミカがトイレも手伝ってくれた。自分の結婚で、沢山の人が来てくれたことが嬉しく、入場するときから号泣してしまった。

しかし、トオルとは喧嘩が絶えなかった。出産が近くなった頃、その夜もトオルと喧嘩し、隣の友達の部屋に避難していた。すると破水した。私は急いで産婦人科に連絡し入院した。

トオルは謝り鰻を買ってきてくれた。

翌朝看護師さんから「今日産むよ」と言われた。

陣痛が弱かったので、促進剤を使ってのお産だった。トオルは仕事で立ち会わなかった。長男は無事に誕生したが、私の出血が止まらずかなりの量を輸血した。あと少しで、私だけ別の病院へ搬送されるところだった。

子育てはそれは幸せなものだった。

里帰りして実家で過ごす時間はゆっくりしていて、母乳も溢れるほど出た。しかし、アパートに戻ると母乳は出なくなった。しかし、専業主婦で子育てする生活は生まれて1番やり甲斐のあるものだった。

しかし、長男が9ヶ月の頃、私は2度目の子宮外妊娠をした。出産した病院から、救急車で、都外の病院に搬送された。トオルはキャリーバッグに入った長男を抱えながら泣きそうな顔をしていた。私は即手術となった。

2度目は腹腔鏡手術でおヘソに少し傷ができる程度だった。私は右側の卵巣を摘出した。もう自然妊娠はできないと医師からは告げられた。

何も知らなかった母は、当時のマンションに来たところ、私の入院道具などを取りに来てくれたトオルの友人とばったり会い、友人が入院している病院まで、連れてきてくれた。母は驚いたことだろう。

私は生き急いでいた。そしてあらゆる物を欲しがった。

私は長男が昼夜の区別ができないうちに、と夕方から夜中1時まで、保育園に預けまた、銀座のクラブで働いた。

けれど、トオルは借金をしてきた。父親に消費者金融をはしごさせられ、お金を借りたのだ。お金は父親が持って行った。借金を返すため、そして、マイホームを持ち、体外受精で子供を授かりたい。そして、トオルの父親は憎かったが一緒に面倒みながら暮らすしかないだろうと思っていた。

里子を育てることも考え、市の詳しいかたと連絡を取ったりもしていた。トオルの父親からはたまに連絡がきた。

私達は、私の実家の近くに引っ越した。それでもトオルの父親から、家に電話がきた。トオルやトオルの友人に電話番号を聞いたのだろう。電話をかけてきた。トオルにお父さんから電話があったと言うと、「そんなわけないだろ」と怒鳴った。

長男が2歳になる4月から、私は都内の駅ビルにある会社に就職した。夫が夜の仕事ではローンが組めないと思い、私が正社員になろうと思ったのだ。朝9時から夜6時まで働き保育園へお迎え。同じ時期に入社した同僚にも恵まれ、楽しく励ましあいながら、順調に働いていた。だが、同僚が私の身の上話を営業トークに使っているのを聞いて、同僚に対する憎しみで、初めて目の前が真っ暗になった。彼女は私が子供ができなくなった話をしていた。その頃からまた、精神が不安定になった。

そして入社して2ヶ月半で退社した。おかしくなった私は大切にしていたぬいぐるみやブランドのバッグ、アルバム、あらゆる物をゴミ捨て場に出した。トオルはそんな私を見てどうにもできなかったと思う。私は長男を連れて実家に帰った。

しばらくして、離婚が成立した。長男は3人で住んでいたマンションの前を通ると「おじちゃん、おじちゃん」と言った。父親の記憶は無かった。

私は離婚するとき、100万円貯金していた。過去に二重まぶた埋没法を3回くらいしていたが離婚して実家に帰ろうと思った私は100万円を使い二重を戻す手術をした。

恐ろしい手術だった。瞼《まぶた》の裏を電動ドリルのようなもので削り、糸を取り出した。オデコにできたシワにも何本か注射をした。

それからも私は目の整形をしては、取るを繰り返した。整形依存、麻酔依存だったのかもしれない。長男を一時預かりに預け整形して迎えに行ったりした。

ある日は、二重まぶたにしたあと、看護師が「1週間ほどしたら腫れはおさまりますから」と言うので「明日友人の結婚式です」と言ったらその場にいた皆が固まった。ミカの結婚式は酷い顔で出席し、スピーチし、本当に申し訳ないことをしたと思っている。

私は実家で、父と母とタエ姉、私と、長男の5人で暮らし始めた。皆息子を大切にしてくれた。

トオルとの離婚は公証役場で養育費など、公正証書にしるしたが、1年間くらいしか払われなかった。


離婚して仕事が無かった私は元彼のコウタに相談し、コウタの会社で働かせてもらうことになった。スタッフとランチに行き、緊張していたが、食後に皆タバコを出し始め、私もと思いながら「私タバコ大好きですから」と、前にマコが言っていた言葉を借りたら「いい子だ〜」と皆、一気に優しくなった。

けれど、やはり私にはキャッチセールスの仕事はもう辛く、すぐにやめた。コウタは「だから俺と結婚しておけばよかったのに。もう遅いけどな」と言った。

そして、実家に帰った私は、タエ姉に対し、幼少期にタエ姉が私にした性的虐待を両親の前でぶちまけたのだった。そして姉は弁護士に相談し、300万でこの話は他言しないと約束をした。それから10年以上経ったのち、私がタエ姉に「お金はもう無いし返せないけど、私は間違ってた」と言うと、姉は「あのときのまことは強かったよ」と言った。私はそれからも、他言していない。ただ、子供の時言えなかった思いを両親に知って欲しかった。

この頃、私は高校時代の彼氏マサトとも連絡を取っていた。心身喪失状態だった私は、マサトの誘いでドライブに行き、真夜中、森の中の鉄格子のついた精神科病棟のようなところに、迷い込んだ。マサトと、急いで逃げた。とても怖い物に見えた。そして、2人でホテルに泊まり（けれど何も起きないのだが）朝がた帰宅したりした。

またある日は勤めていた銀座のクラブを訪れオーナーに付いて行きホテルに行ったりしていた。本当にどうかしていたのだ。

その頃の記憶は今となれば曖昧だ。

しばらくして私はとある会社で働き始めた。長男も公立の保育園に入園できた。頑張っていたら、正社員にしてくれた、

初めての保育園の運動会では息子が踊るのを見て涙が出た。

そして、私が28歳の頃、マコの結婚パーティーが開かれた。そこで私は2回目に結婚するツヨシさんと知り合うのだった。ツヨシさんはマコに私を紹介して欲しいと頼んだが、私はそのパーティーで別の人に一目惚れしていた。

積極的にアプローチしたが、最後は「子供がいる人とは付き合えない」と振られた。

それから少し経った頃、マコから改めてツヨシさんを紹介された。

最初はメールでお互いについて知り合った。子供の頃体操をやっていたこと、私は新体操を習っていたこと、高校時代行きたかったM大学の行きたかった学部をツヨシさんが卒業していることなど、共通点が多くツヨシさんに興味を持つようになった。

そして何度か会った。けれど、私はお付き合いするか迷った。1人で子供を育てる

と覚悟をしていた私だったが、恋愛することで、心が揺れたりするのが怖かった。自分が弱くなってしまうような気がしたのだ。しかしツヨシさんの誠実な態度に私はお付き合いすることにした。付き合い始めてしばらくして、私は妊娠できないことを告げた。するとツヨシさんは避妊しなくなった。それは傷ついたが。

統合失調症と自殺未遂

仕事も順調、恋愛も順調のはずだった。

しかしその病気は突然発症した。私は統合失調症になった。

統合失調症、過去には精神分裂病と呼ばれた病気だ。陽性症状と陰性症状に別れる。

私はまず陽性症状が現れた。鍵、通帳などの物が無くなったと勘違いし、それを会社の人が盗んだと思い込んだ。けれど物は見つかる。母に連れられ精神科を受診した。隣の家の洗濯物が会社の人の物に見える。ツヨシさんのお母さんと妹さんが、自転車で通り過ぎたように感じた。

私は会社を辞めざるを得なくなった。ツヨシさんとも距離を置いた。ツヨシさんは責任を感じたようで、たまに、連絡をくれた。

そしてその後、陰性症状が始まり私は家から出られなくなった。1人で精神科に行けないので、何度も母が付き添ってくれた。有名な精神科で3時間待ちなんてこともあった。それなのに私は母に激高し、グラスを投げつけたこともあった。

何もしたくない。何も考えたくない。家族に迷惑をかけている。せめて、洗濯物は取り込もうとするが、ベランダに出るのさえ苦しかった。1日をベッドで過ごす日々。生きているのが嫌だった。

私は2度タクシーで深夜に高層マンションに行き屋上に上った。死ぬつもりだった。そこはツヨシさんが通勤で乗る電車が見える所で、飛び降りる前に、ツヨシさんにメールをしようか、でも迷惑かなどと、考えたりしていた。1度目は覚えていないが、2

度目に最後に飛び降りるのを止めたのは息子の存在だった。そして死ぬくらいなら何でもできる、と自然と思えたのだ。それからは、精神科のデイケアに通い始めた。リストカットがやめられない、傷だらけの女の子など、色々な人が通っていた。それまで会わなかったような人が沢山いて、私もその1人なんだということに少しの抵抗は感じたが、とにかく、外に出る、人と関わることのリハビリだったので、ヨガや料理体験、スポーツをしたり、色々なプログラムがあった。1年間ほど通っていただろうか、私は精神障害者保健福祉手帳を持つことにした。そして、リハビリがてら調剤薬局で週2回ほど、働き始めた。プライベートなことを一切話さないオーナーで、それが私には救いだった。調剤薬局で1年間ほど勤めたころ、私は障害者専門の就職相談会へ行った。そして、大手企業でアルバイトできることになった。

ツヨシさんにそのことを話すと「就職祝いしよう」と言ってくれた。

回復期と結婚

それからの私は順調だった。職場の人も温かく、最初はツヨシさんも「友達の関係でいよう」と言っていたが、自然に恋人同士の関係に戻っていた。ツヨシさんとのデートは息子が寝たあと深夜にしていたが、両親が、昼間に会うようにと言い、息子は父に任せツヨシさんとは昼間にデートできるようになった。ツヨシさんは、私と歩いてみたい場所があると言っていた。

ツヨシさんと会うときに息子を連れて行くのは躊躇した。結婚するかどうかも分からない人に懐いて、また別れを経験させたくなかった。なので、ツヨシさんと息子はスノーボードで1回、潮干狩りで1回ほどしか会ったことがなかった。私は自然とツヨシさんと一緒に暮らしたいと思うようになっていた。その気持ちをツヨシさんに話すと、後日ツヨシさんは私をお台場に連れていき「一緒に住んでもいいと思ってるよ」と言ってくれた。

それから家探しを始めた。最初は息子の環境が急変しないよう、実家の近くでアパートを探した。けれど敷金、礼金に新しい家具と考えると、自然と家を買おうという方向になっていった。そして、ツヨシさんの実家の近くを探し始めた。そして行き当たりで入った不動産屋で「結婚しようと思ってまして、子供もいるんですけど」とツヨシさんが言った。それがプロポーズのようなものだった。不動産の担当者もこれを聞いて本気だと思ったのだろう。積極的に物件探しに入った。ツヨシさんが、以前一緒に歩いてみたかったという所にも行った。駅から300メートルくらいのなんてことない商店街に、マンションのポーチが照明できれいに照らされている一本道だった。そのなんてことない道を一緒に歩いてみたかったということが、妙に嬉しかった。

ツヨシさんとお付き合いしている間にも、生理が遅れることがあった。その度に妊娠しないと分かっていながら、半分期待していた。そして、そんな自分を笑っていた。

友人の2人目の妊娠報告も、心から喜べないでいた。

毎週末、不動産屋に行き、相談し、家の話も進んでいった。そして、両家の顔合わせの場を設けようということになった。その頃また生理が遅れていた。また、まさかとは思ったが、妊娠検査薬を買った。すると、結果は陽性だった。卵管、卵巣の無い私は自然妊娠できないと産婦人科医にも言われていた。それなのに病院へ行くと妊娠だった。

最初の子宮外妊娠の開腹手術をした医師が、卵管を少し残して手術したんだろうということだった。私はその病院に電話したが、もう繋がらなかった。私は妊娠を心から喜んだ。ツヨシさんは戸惑っていた。子供はできないと思っていたからだ。

退職と3月11日

私は職場に結婚することのみ報告していた。妊娠していなければ、都外から都内の会社まで、通勤するつもりでいた。息子の放課後預かりも申し込んで決まっていた。ある朝、出血し会社に「病院へ行くので遅刻します」と連絡すると、感のいい上司は妊娠に気づいていた。

私は退職日も決まり、どんどん大きくなるお腹で与えられた仕事を頑張っていた。やり甲斐のある仕事だったので辞めたくはなかった。3月11日に退社、長男が3学期を終えたら新居に引っ越すことが決まっていた。２０１１年の3月11日。そう。東日本大震災が起きたのだ。私がいたオフィスは20階建ての15階だった。

地震が起きたときは激しく揺れ、そのあとも揺れ続けた。船酔いのような状態になった。「机にもぐれー」という声にも、お腹が大きくて潜れなかった。初めて死ぬかもしれないと思った。

それから私は最後の日の仕事を必死で片付け、会社の先輩と途中まで歩いて帰った。ビルの階段は大きく亀裂が入っていた。

ぞろぞろ歩く人、公衆電話に並ぶ人。2時間半ほど歩き家に帰った。

途中姉が自転車で迎えに来てくれていた。よく会えたと思う。一緒に帰った。1週間ほどは、ショックで外出する気にもなれなかった。引っ越しの日はすぐにやってきた。

私と息子は、ツヨシさんの車で新居に引っ越した。

ツヨシさんと息子はあまり会ったことが無かったが、息子が5歳くらいの頃、一緒に出かけたら、息子が疲れてツヨシさんの肩にもたれかかり、寝てしまったことが、あったらしい。その時初めてツヨシさんは、子供がいてもいいかな、と思ったという。けれど、息子は再婚や兄弟ができることをちゃんと理解していたのだろうか。引っ越したらテレビが大きくなるよ、と言ったら「じゃあ行く」と言ったのだけは覚えているのだが。いまでは、長男は「無理矢理連れて来られた。俺は嫌だったのに」と言う。

３人暮らしがスタートした。再婚して一番強く思ったことは「世の主婦はこんなに守られているんだ」ということだった。子供のことを共有できる相手がいること。それはとても心強かった。その頃私の統合失調症も安定していた。第２子を楽しみに、よく歩いた。ただ、ツヨシさんは、せっかく一緒に暮らし始めたというのに、私の体に触れようとしなかった。私は安定期だし、夜の営みも欲しかった。けど、ツヨシさんは拒んだ。

そして、私は誰にも言っていない、いや言えないのだが、ネットで調べて、男性版デリヘルを見つけた。そして、家に呼んだ。

けれど、呼んだ男性が来た頃には私の性欲もおさまっていて、男性とは、3時間ほどお喋りして帰ってもらった。途中長男が、学校から帰って来たので、お友達と紹介した。

その1回きり、私はツヨシさんを裏切った。けれどツヨシさんもその10年後、出会い系サイトで知り合った女性と連絡を取っていた。ツヨシさんに、「相手の女性と肉体的関係が欲しかったの？　それとも心の拠り所が欲しかったの？」と聞くと「両方かな」と答えた。ショックだったがおあいこだ。ツヨシさんが出会い系サイトをしている頃、私は統合失調症の陰性症状がひどく、しばらくセックスレスだった。

そして、第2子出産予定日が少し過ぎたころ、長男を学校に送り出してすぐに破水し、産婦人科に連絡した。私は病院へ向かい、母も東京から駆けつけてくれた。ツヨシさんは仕事だった。義母は長男が学校が終わる頃迎えに行き連れて来てくれた。私は陣痛の痛みに耐えながら、母と義母が産婦人科へのお礼を用意するかどうかという話をしてるのを聞いた。義母が「あなたがさっき病院へはいらないって言ったじゃないの」と言っていた。母はこの頃から認知症が始まっていたのか、それとも、娘の出産で動揺していたのか。

2人目のお産は6時間ほどで無事に産まれ、心配した子宮からの出血も少なくすんだ。ただ私はいきむときに過呼吸になってしまい、意識を失う寸前だった。男の子だった。私は昼間、次男が寝ている間ソファから窓の外の空を見上げ、やっと陽の当たる生活ができたんだ。そう感じた。穏やかな時間を過ごせることが嬉しかった。

そして、子供ができると分かった私はもう1人産みたいと思うようになっていた。ツヨシさんは、転職したばかりだし、3ヶ月待ってと言った。私は3人目が産まれたら、2人目、3人目同時に保育園に預けて働こうと思っていたので、年子を望んだ。

そして、ツヨシさんからゴーサインが出たので、年子限定の妊活を行った。できれば女の子が欲しかったので、ネットで女の子ができる方法を調べて試した。すると、4ヶ月後、女の子を授かることができた。3人目にして初めて排卵検査薬を使った。妊娠しやすい時期が分かるので、子供を授かりたい人には助けになる。

しかし、0歳児の子育てと妊婦生活はつらく、無理したせいで切迫早産になった。トイレで股からなにか出てきそうになり、「産まれちゃうかも」と急いで病院へ行った。生まれるのは夏だったので、長男は私の実家へ、次男はツヨシさんの実家へそれぞれ預かってもらった。私は安静に過ごした。

宅配弁当を頼み、ロンドンオリンピックを見ながらお産を待った。

3人目の女の子は、夫も立会い出産した。

2人目の時は意識が無くなりかけ怖かったが、3人目のお産は「とても静かでしたよ」と言われた。

産まれてから産婦人科で過ごす時間、私は娘に「私よりずっと幸せな女性になってね」と、何度も願った。名付けたのは長男で、漢字は100通りぐらい調べた。女の子は可愛かった。私は本当に幸せな女になった。長女の出産後、しばらく母が泊まりで手伝いに来てくれた。2人でテレビでロンドンオリンピックの凱旋パレードを見た。母とテレビを見ながら会話する。それがとても幸せだった。年子の子育ては頭が痒くてもかけないぐらいに忙しかった。

産後、義母からかけられた心無い言葉に傷つき恨んだがそれも、10年経てば忘れたつもりだ。

ただ、ツヨシさんは大学の頃からやっていたフットサルのチームに入っていて、土日になると、朝6時ごろからいなくなってしまっていた。流石に3人目、年子の子育てにツヨシさんの力は借りたかったので。フットサルを引退してもらった。それは、悪いことをしたと思った。

順調だった生活は、長女が生まれて3年ほどで、また、私の統合失調症が現れ出した。今回は陽性症状はなく、陰性症状だった。平日はなんとか動いたが土日は寝かせてもらったり、家事も率先してツヨシさんがやってくれた。ちびっこ2人連れての買い物も。それまでママにべったりだった2人がパパを頼るようになった。

病気は、苦しい。幸せを奪っていく。私は仕事を辞めた。

今、結婚12年

長女は10歳になった。幸せなことばかりではないが私の人生。けれど今は1日が無事に終わることだけで、幸せだと思う。私はただ、子供達が元気に成長してくれることを祈る。病気で辛いこともあるが、幸せを感じる。今は家族が何より大切だ。今私は母を思う。子供を家に残して夜働きに出なくてはならなかった母はどんな思いだったろう。私の名前を付けた美容室を、20年続けた母。

どんな思いだったろう。

母は今、施設に入っていて、もうそんなことは聞けない。私はこの本を書いた翌日

45歳の誕生日を迎えた。そして、施設にいる母に初めて伝えた言葉がある。「産んでくれてありがとう。私は今、幸せです」と。

あとがき

本を出そうなんて思っていませんでした。ただ自分が生きてきた記録を少し残そうかなと思い書き始めました。最後まで読んでくださった方ありがとうございます。どう思われましたか？　きっと、身勝手な人生を生きた私への怒りなど、様々な感情をもたれたかと思います。私は今も、統合失調症と毎日戦っています。

朝昼晩寝る前と薬は必須です。朝起きて不安感でどうしようもない日もあります。

東京から料理のできる父を助っ人に呼び泊まってもらったこともしょっちゅうです。

今は父は1番の相談相手です。

幼い頃一緒にいられなかった時間を取り戻したのではと思えるほど父は近い存在になりました。そして私は本を書き始めて気付いたのが、母への執着です。

今の母は、自分では歩けず、右半身が使えません。施設で暮らしています。なかなか母に会いに行くことができず、私は左手だけで読めるはがきを出します。私にとって母は偉大でした。

私は子供の前でも泣きながら「死にたい」と言ってしまう母親です。子供が起きていても「少し寝かせて」と寝てしまいます。

とても自分の母のようには生きられません。

昔母に言われた言葉があります。「まことと、自分がしたことは必ず自分に返ってくるのよ。よく覚えておきなさい」

今、長男のことでまさに母に言われた通り自分のしたことが、返ってきています。

苦しいですが、向き合っていこうと思っているところです。

そして、産めなかった3人の子を思います。今いる3人の子供が生まれ変わりならと思うのは身勝手過ぎるでしょう。

そもそも子供を産むこと自体が身勝手なのではと思ってしまったりします。産んだら、その子は生きるということを課せられるのですから。だから親は、子供が生まれてきて良かったと思える人生にするためにサポートしなくてはならないと思うのです。

読者の方で1回でも子宮外妊娠した方は婦人科で検査を受けてください。子宮外妊娠の原因となる卵管付近の炎症を起こしやすい菌があるそうです。治療すれば治るそうです。

これは余談ですが、うちの年子はお菓子を1人1つ買ってもらい育ちました。私は4人でいつも分けておやつを食べて育ちました。すると、私は自分のおやつを誰かに分けてあげるなんて、とんでもないという、がめつい性格になりました。けれど、うちの年子は、大きくなるにつれ、自分の分を分けてあげる、広い心を持って育ったのです。これは驚きでした。お金はかかりましたが、私はこれで良かったと思っています。

自分のがめつさは、大人になっても直らず嫌なところなので。

ここまで、読んでくださった方、本当にありがとうございます。

残りの半生は、穏やかで平和な日々を過ごしたいと願っています。

読者の方々も、幸せな人生を送ることができるよう、祈っています。

「まこと」―とある女《おんな》の半生《はんせい》―

2023年10月11日　第1刷発行

著　者　　冴木 愛
発行人　　久保田貴幸

発行元　　株式会社 幻冬舎メディアコンサルティング
〒151-0051　東京都渋谷区千駄ヶ谷4-9-7
電話　03-5411-6440（編集）

発売元　　株式会社 幻冬舎
〒151-0051　東京都渋谷区千駄ヶ谷4-9-7
電話　03-5411-6222（営業）

印刷・製本　中央精版印刷株式会社

検印廃止

Printed in Japan
ISBN 978-4-344-94576-0 C0095
幻冬舎メディアコンサルティングＨＰ
https://www.gentosha-mc.com/